DENBERGS DINGE

Anna Ruhe

Maxi von Phlip

Vorsicht, Wunschfee!

Mit Bildern von Max Meinzold

Mehr Abenteuer mit Maxi von Phlip:

Wunschfee vermisst! (Band 2)

Ein Verlag in der westermann GRUPPE

MIX
Papier aus verantwortungsvollen Quellen
FSC® C110508

2. Auflage 2021

Rottendorfer Straße 16, 97074 Würzburg

Text: Anna Ruhe
Einband und Illustrationen: Max Meinzold
Lektorat: Christine Denk
Gesamtherstellung: Westermann Druck Zwickau GmbH
Printed in Germany
ISBN 978-3-401-71328-1

Besuche den Arena Verlag im Netz:
www.arena-verlag.de

Inhalt

Kopfstandtage

Tage können so verschieden sein. Manche sind supertoll, andere eher nervig, und die meisten sind einfach nur stinknormal. Aber dann gibt es noch Tage, an denen man das Gefühl hat, die Welt steht plötzlich kopf – so falsch herum und verrückt kommen sie einem vor. Das sind Tage, die alles durcheinanderbringen. Letzter Dienstag war so ein Tag. Ein Kopfstandtag.

Bis mittags lief noch alles so wie immer. Noch machte der Tag keinen Kopfstand.

Ich heiße übrigens Paula, und wie immer stellte ich nach der Schule mein Fahrrad am Schaufenster von *Goldenbergs Dinge* ab. Das ist der Trödelladen von meinem Papa. Den Laden hat er so genannt, weil wir beide mit Nachnamen Goldenberg heißen und er darin lauter uralte Dinge verkauft.

»Ich bin wieder da...ha!«, rief ich mit dem Bimmeln der alten Türglocke um die Wette. Praktischerweise liegt der Laden direkt unter unserer Wohnung. In der lebe ich mit Papa und unserem weißen Perserkater Baron Schnurr zusammen.

Ganz hinten im Laden klapperte es in der Teeküche. Nach der Schule gibt es nämlich immer einen Kakao für mich. Damit leitet Papa meinen Feierabend ein, wie er es nennt.

»Da bist du ja!«, rief er zurück. »Wie war's in der Schule?«

»Gut. Autsch!« Irgendwas lag im Weg, und ich rieb mir meinen kleinen Zeh. Neben dem Verkaufstresen wackelte eine Holzkiste. »Hast du heute neue Sachen bekommen?«, fragte ich.

»Brandneu und besonders alt! Wie es sich für einen anständigen Trödelladen gehört.« Papa kam mir mit zwei dampfenden Tassen entgegen und stellte sie auf den Tresen.

Ich mag es, wenn neue alte Sachen geliefert werden. Dann stelle ich mir immer vor, Papa hätte keinen Trödelladen, sondern ein Reisebüro, in dem er Fahrten in die Vergangenheit verkauft. Aus seinen Kisten zieht er nämlich lauter Dinge, an die sich kaum noch jemand erinnern kann. Bestimmt gibt es nicht viele Mädchen, die wissen, was ein Chapeau claque ist und dass man es wie »Schappo klack« ausspricht und damit einen zusammenklappbaren, vornehmen Männerhut meint. Oder wozu eine Flotte Lotte und ein Fuß-Whirlpool früher mal gut waren. Für die meisten ist das nur alter Kram.

Das Erste, was mir auffiel, als ich in die Kiste am Boden linste, war eine grüne Glasflasche.

Komisch. Ich hob sie auf und hielt sie Papa vor die Nase. »Nimmst du jetzt auch Pfandflaschen im Laden an?«

Papa verzog nur das Gesicht. »Hab die Sachen noch nicht sortiert, aber die Flasche kann weg. Nimm sie einfach mit hoch, und leg sie zum Altglas.« Belustigt darüber, was manche Leute ihm so vorbeibrachten, schüttelte er den Kopf. Dann fing er an, die Regale zu entstauben – woraufhin ich mir meine Tasse Kakao schnappte und mich schnell die Treppe hoch in den ersten Stock verdrückte. Nicht dass er noch auf die Idee kam, beim Staubwischen Hilfe zu brauchen.

Auf dem Weg in mein Zimmer bog ich kurz in die Küche ab, um die Flasche in die Altglastonne zu werfen. Wie immer lag Baron Schnurr im Weg und bewegte sich keinen Zentimeter vom Fleck. Er mag es nämlich gern gemütlich. Aber als ich mit der Flasche in der Hand über ihn drübersteigen wollte, sprang er senkrecht in die Höhe und fauchte wie verrückt. Vor Schreck fiel sie mir fast aus der Hand.

»Was ist denn los?«, meckerte ich und fing die Flasche gerade noch auf, bevor sie auf die Fliesen knallen konnte. Und genau in diesem Moment wurde aus dem stinknormalen Tag plötzlich ein Kopfstandtag.

Hausarrest in einer Flasche

Als ich die Flasche in die Altglastonne werfen wollte, erschreckte ich mich genauso wie unser Kater. Hinter dem grünen Glas bewegte sich etwas. Aber weil Baron Schnurr nicht aufhörte zu fauchen, verzog ich mich damit in mein Zimmer.

Im Schneidersitz ließ ich mich auf mein Bett plumpsen und drehte die Flasche hin und her. Komisch, was war das eben? Ob vielleicht ein Schmetterling darin eingesperrt war?

Um mehr zu erkennen, wischte ich mit meinem T-Shirt über das Glas. Dabei rollte etwas im Inneren herum. Sofort machte mein Herz einen Purzelbaum, jedenfalls fühlte es sich so an. Das war auf keinen Fall ein Schmetterling!

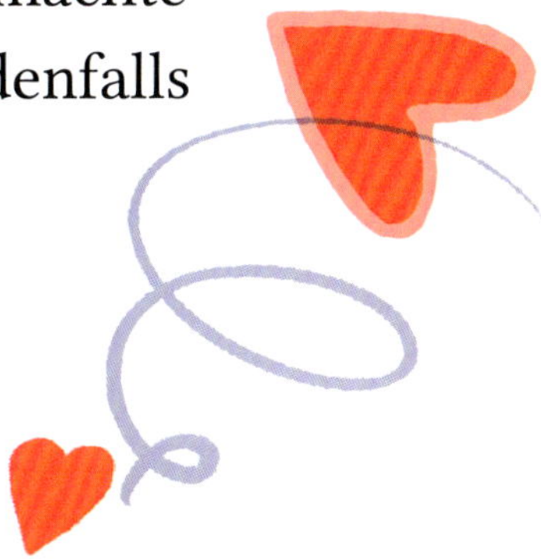

Wieder starrte ich durch das Glas, und im nächsten Moment sprang ich genau wie Baron Schnurr vor Schreck fast an die Decke. Aus der Flasche funkelten mich zwei Augen an!

Winzige Augen. Und sie gehörten zu einem genauso winzigen Mädchengesicht, das sich von innen gegen das Glas drückte. Wirklich! In der Flasche saß ein Mädchen, das nicht größer war als ein durchschnittlicher Radiergummi!

Ich versuchte, wieder normal zu atmen. Bestimmt hatte nur jemand ein Püppchen dorthinein gesteckt. Schließlich sah durch das zerkratzte Glas alles ganz verschwommen aus.

Doch dann strich sich die Minipuppe plötzlich die Haare aus dem Gesicht und klopfte ungeduldig gegen das Glas. Ich erstarrte zu einem Eiswürfel. Das winzige Mädchen hingegen zeigte mit seinem Finger auf mich und rief irgendetwas, das ich nicht hören konnte.

Ein paar Sekunden vergingen, in denen ich einfach nur auf die Flasche starrte. Doch während ich in meinem Eiswürfel-Zustand verharrte, verzog das Minimädchen genervt sein Gesicht und streckte immer wieder einen Arm pfeilgerade in die Höhe.

Endlich dämmerte mir, was das Mädchen wollte. Ich sollte den Korken aus der Flasche ziehen! Eine Mischung aus Aufregung und einem mulmigen Gefühl machte sich in meinem Bauch breit. Unschlüssig wackelte ich am Korken, woraufhin das Minimädchen in der Flasche auf und ab hopste und eine Pirouette drehte. Dann blieb es stehen, schaute zu mir herauf und nickte wild. Schließlich kniff es die Augen zu, ging in die Hocke, streckte den Po nach hinten und wartete.

Ich holte einmal ganz tief Luft. Gleichzeitig hörte ich es wieder ungeduldig aus der Flasche klopfen. Bestimmt war es nicht gerade toll, dadrin gefangen zu sein. Also atmete ich aus und zog an dem Korken.

Plopp! machte es, und eine violett-türkise Rauchfahne quoll aus dem Flaschenhals. Innerhalb von Sekunden nebelte sie alles von oben bis unten ein. Ich sah überhaupt nichts mehr, nur ein Zischen hörte ich noch. Kurz darauf dröhnte Freudengebrüll durch mein Zimmer. Irgendetwas sauste in einem Affenzahn um mich herum. Wie eine verrückt gewordene Libelle. Ich wedelte mit der Hand durch den Rauch, bis ich wieder etwas erkennen konnte.

Vor mir, mitten auf der Bettdecke, hopste und juchzte das Minimädchen aus der Flasche. Weil ich nicht glauben konnte, was hier gerade passierte, fing ich wieder an zu starren.

Langsam reckte und streckte sich das Mädchen und wuchs von Radiergummigröße auf Kugelschreibergröße an. Ich merkte, dass mein Mund immer noch offen stand, und klappte ihn schnell zu.

Das Mädchen hatte einen Berg roter Locken auf dem Kopf, die bei jedem Hopser auf und ab wippten. Ihre Beine steckten in einer grün und lila geringelten Strumpfhose, darüber trug sie einen hellgrünen Ballerinarock, der steif zu den Seiten abstand. Anstatt Schuhen hatte sie Rollschuhe an. Aber es waren keine Rollerblader, wie die meisten Kinder sie hatten. Die hier sahen aus wie aus einem alten Film. Und dann … kurz rieb ich mir die Augen, weil ich einfach nicht glauben wollte, was ich noch sah. Das Mädchen hatte Flügel! Kleine, zarte Flügel, die wie Seifenblasen schillerten!

»Hi!«, sagte ich zögernd und überlegte, ob ich mir das vielleicht alles gerade nur einbildete.

Das Mädchen hörte mit den Luftsprüngen auf und stemmte einen Arm in die Seite. Es legte den Kopf schief und musterte mich. »Das wurde aber auch langsam mal Zeit. Zwei Jahre, achtzehn Tage und 123 Minuten hab ich dadrin gesteckt!«

»Wie? ... Warum das denn?«, fragte ich verdattert.

»Ach, wegen Kleinkram nur. Und … wegen … na ja … den dummen Wunschkieseln. Angeblich hab ich nicht so gut drauf aufgepasst, wie ich sollte. Aber egal, jetzt erst mal das Wichtigste.« Das Mädchen streckte mir ihre winzige Hand entgegen. »Ich bin die Flaschenfee Maximeralda Feodora Dilara Nima von Phlip! Aber du darfst ruhig Maxi von Phlip zu mir sagen – oder einfach nur Maxi. Alles andere dauert immer so lange.«

Die kleine Fee klatschte in die Hände und schaute mich begeistert an. »Und du bist also mein neuer Mensch? Wie **superprimibus!** Und das Allerbeste: Ab genau *jetzt* wirst du nie mehr allein sein! Ich bleibe bei dir. Für immer! Also jedenfalls so lange, bis ich genug gute Taten für dich vollbracht habe. **Zippo-zappo-klärchen?«**

»Äh … was denn für Taten?«, purzelten die Worte aus meinem Mund.

Doch die Flaschenfee war längst mit etwas anderem beschäftigt und sah sich in meinem Zimmer um.

»Scheint so weit alles okay zu sein«, murmelte sie und testete die Matratze.

»Wieso …?« Ich wusste gar nicht, wo ich mit meinen Fragen anfangen sollte. »Heißt das, dass ich jetzt einen Wunsch frei habe? Oder vielleicht sogar *drei?«* Vor lauter Aufregung machte mein Herz einen Hopser.

»Fast.« Maxi grinste mich schief an. »Also nicht genau, bloß ein bisschen. Schließlich bin ich ja nur eine Flaschenfee. Und kein Flaschengeist.«

»Hä? Wie kann man denn nur *fast* einen Wunsch frei haben?« Ich verstand nur Bahnhof.

Maxi zeigte mit ihrem Zeigefinger auf mich. »Meine Aufgabe ist es, für dich viele gute Taten zu vollbringen. Doof ist nur, dass ich gerade nicht alle meine Feenfähigkeiten benutzen darf. Das geht erst, wenn ich wieder eine Fee bin, also keine Flaschenfee mehr.« Maxi zwinkerte. »Aber weil es bestimmt pipileicht ist, sich gute Taten für dich auszudenken, wird dein Leben in nächster Zeit **feenostatisch** toll werden!«

Ein bisschen zweifelte ich jetzt doch an meinem Verstand. »Aber wenn du keine richtige Fee bist, was ...?«

»Ich *bin* eine richtige Fee!«, unterbrach Maxi mich und stemmte erneut die Arme in die Hüften. »Nur mal kurz und vorübergehend bin ich eine Flaschenfee. Man könnte es so sagen: Flaschenfeen sind *beurlaubte* Wunschfeen.« Maxi strich sich die Haare zurück, dabei wippte

der riesige Berg aus Locken vor und zurück.
»Oder auch Wunschfeen mit Flaschenarrest«, nuschelte sie. »Deshalb darf ich gerade nicht alle Sachen machen, die ich eigentlich so kann. Und mein Feenstaub funktioniert leider hin und wieder auch nicht so gut. Allerdings darf ich immer noch fliegen, Dinge durch die Luft schweben lassen, durch Wände gehen, mit dir reden, ohne dass mich sonst jemand hört oder sieht, und noch so einiges mehr. Nur ein paar Kleinigkeiten soll ich zurzeit sein lassen.«

»Wie viele gute Taten musst du denn vollbringen, bis du wieder eine richtige Wunschfee bist?«, fragte ich.

Maxi zeigte auf ihre grüne Flasche. »Das Ding da ist ein Wunscherfüllungs-Barometer. Mit jeder guten Tat, die ich für dich vollbringe, verfärbt sich die Flasche ein bisschen. Erst wenn sie nicht mehr schimmelgrün, sondern zartrosa ist, bin ich keine Flaschenfee mehr.«

Nur eine Murmel

»Du bist also eine beurlaubte Fee?«, fragte ich und versuchte dabei zu überhören, wie seltsam das klang, wenn man es laut aussprach.

Maxi nickte. »Absolut und völlig richtig!«

Mein rechter Mundwinkel zuckte. »Aber wieso verbringst du deinen Urlaub dann in einer Flasche? Die hast du doch nicht selbst verkorkt, oder?«

»Pfft! Natürlich nicht.« Die kleine Fee hob das Kinn und sah beleidigt zur Seite. »Hättest du vielleicht erst mal etwas zu essen für mich? Ich könnte ein bisschen was vertragen.«

»Äh … klar.« Ich nickte. »Was hättest du denn gern?«

Nachdenklich legte Maxi ihren Zeigefinger ans Kinn. »Eine Hochzeitstorte würde ich nehmen und dazu ein großes Glas Himbeersirup – pur, bitte. Außerdem einen ordentlichen Stapel Pfannkuchen mit Zimt und Zucker und einen Topf Spaghetti mit Sahnesoße. Ach ja, und ich hab mal durch meine Flasche jemanden Pommes essen sehen, die sahen köstlich aus! Diese Pommes nehme ich also auch. Eine besonders große Portion bitte. Und Nachtisch überlege ich mir noch.«

»Na ja ...« Ich grübelte, was wir noch im Kühlschrank hatten. »Ein Käsebrot kann ich dir schmieren. Ich glaube, mehr ist nicht da.«

»Broooot?« Maxi stöhnte und verzog das Gesicht, als hätte sie in eine Zitronenscheibe gebissen. »Na gut, wenn's sein muss. Aber beeil dich! Wenn ich endlich wieder richtigen Feenstaub habe, kannst du dein *Käsebrot* für dich behalten. Dann esse ich nur noch

Hochzeitstorte und diese Pommes. Sieben Mal täglich.«

Immer noch starrte ich die Fee ungläubig an. »Ich verstehe einfach nicht, wieso du in einer Flasche eingesperrt warst!«

»Erst muss ich etwas essen, bitte. Sonst verhungere ich, und dabei kann ich nicht klar denken.« Maxi sah mich an wie Baron Schnurr, wenn er seine Streicheleinheit wollte.

Lustig war sie ja, fand ich und stand auf. Mit einem Grinsen schloss ich die Tür hinter mir, weil Baron Schnurr im Flur schon wieder fauchte. Die Fee bereitete ihm offensichtlich Sorgen. »Die tut doch nichts«, sagte ich nur und zwängte mich an ihm vorbei in die Küche, um Maxi ein Käsebrot zu machen. Ich schnitt das Brot für sie in viele kleine Häppchen, ehe ich in mein Zimmer zurückging. Anfangs biss die Fee nur nörgelnd hinein. Trotzdem verputzte sie die Portion in Nullkommanix. Noch beim Kauen bestellte Maxi eine zweite, dann eine dritte und schließlich zehn weitere Käsestullen.

Obwohl die kleine Fee direkt vor meiner Nase saß und zufrieden Häppchen für Häppchen verdrückte, glaubte ich immer noch nicht, was ich da sah. »Ich dachte, Feen gibt es gar nicht. Also jedenfalls nicht in echt, sondern nur in Büchern!«

Maxis Augenbrauen schossen nach oben. »Wie bitte? Wer sagt denn so was?«

»Weiß nicht. Alle.«

»Alle? Das gibt's doch nicht!« Die Fee sah sich in meinem Zimmer um und schien etwas zu suchen. Dann schob sie sich das letzte Käsehäppchen quer in den Mund und sprang vom Bett. »Also, eigentlich sollen die Menschen ja auch nichts von uns wissen«, nuschelte sie mit vollen Backen. Dabei verteilte sie lauter Brotkrümel im Zimmer. »Das verbieten die Oberfeen schon seit vielen Hundert Jahren. Das nehmen sie schrecklich ernst.« Maxi verdrehte kurz die Augen, dann guckte sie unters Bett, öffnete Schubladen und Schranktüren.

»Was suchst du denn?«, fragte ich und rutschte ebenfalls vom Bett.

Hinter meiner Zimmertür hörte ich Baron Schnurr miauen und an der Tür kratzen. Entweder wollte er jetzt auch eine Käsestulle, oder er hatte sich dazu entschlossen, die Fee zu jagen. Beides sprach dafür, die Tür zuzulassen.

Maxi schluckte endlich den Rest Käsebrot hinunter. »Hast du mal eine Murmel für mich?«

Ich stutzte. »Weiß nicht, bestimmt irgendwo. Wozu brauchst du die denn?«

»Ich will dir beweisen, dass ich wirklich eine Fee bin! Und dass es viele von uns gibt. Außerdem muss ich mich noch anmelden, glaub ich.« Maxi überlegte kurz. »Ja, so ging das. Zuerst muss ich bei den Oberfeen meinen Menschen anmelden.«

»Wie? Was? Wen sollst du anmelden?«, fragte ich verwirrt.

»Na dich! Das müssen die Oberfeen wissen, verstehst du? Ohne Anmeldung zählen die guten Taten nicht. Dann ist alles umsonst.«

Obwohl ich keinen Schimmer hatte, was Maxi damit meinte, zog ich mein altes Murmelglas aus dem Schrank und hielt es ihr hin.

»Prima-maxi-metrisch!« Sofort griff sich Maxi eine der größten Murmeln und flatterte damit zurück auf mein Bett.

»Komm!« Ungeduldig winkte sie mich näher und zog gleichzeitig einen ausziehbaren Zauberstab hervor. Nachdem sie dreimal damit auf die Murmel getippt hatte, rieselten gelbe Funken aus dem Stab und verteilten sich wie glitzernder Regen darüber.

»Was ist das?« Ich rutschte aufs Bett und schaute neugierig zu.

»Feenstaub natürlich«, sagte Maxi, ohne ihren Blick vom Funkenregen abzuwenden.

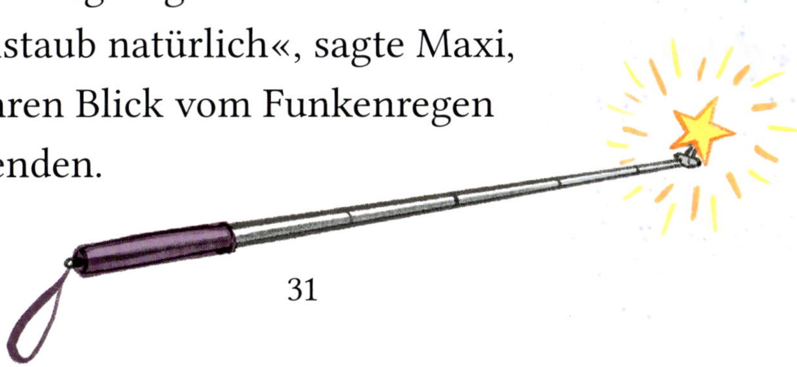

Im nächsten Moment verfärbte sich die Murmel in alle möglichen Farben, bis sie anfing zu schillern.

»Haaallöööchen?«, rief Maxi in die Murmel. »Jemand zu Hause?«

Ich konnte mir ein Kichern nicht verkneifen, so lustig sah es aus. Doch da entdeckte ich wirklich etwas in der Murmel. Aus dem Glas blickten uns plötzlich drei ältere Feen streng entgegen.

»Hallo, Maximeralda Feodora Dilara Nima. Wie wir sehen, bist du gefunden worden. Herzlichen Glückwunsch!« Die drei Feen schauten sich um und entdeckten schließlich auch mich.

»Ah! Das ist also dein neuer Mensch?«, sagte die älteste der Feen und guckte mich prüfend von oben bis unten an. »Darf ich uns drei vorstellen? Wir sind das Feenkomitee.« Sie zeigte zuerst auf eine Fee mit langen, glatten violetten Haaren und mehreren Perlenketten um den Hals. »Das ist Luma.« Danach zeigte sie auf eine rundliche Fee in Schürze und mit strengem Dutt. Ihre Haare schimmerten türkis. »Und das ist Elida. Ich selbst heiße Glenna.« Die älteste Fee, die mit mir sprach, Glenna also, hatte weiße Locken. Wie ein Helm lagen sie auf ihrem Kopf. Dazu trug sie ein altmodisches Blümchenkleid. Glenna machte eine kurze Pause. Wahrscheinlich überlegte sie noch, was sie von mir halten sollte. Stocksteif saß ich da und wartete auf ihre Meinung.

»Wie zauberhaft, ein Glücksfall würde ich sagen«, ertönte es von Luma.

»Oh wahrlich!«, stimmte Elida ihr zu. »Ganz reizend, dein Mensch!«

Und dann nickte auch Glenna Maxi zu. »Gute Wahl! **Absolut feenostatisch!«**

Ich rutschte ein bisschen von der Kugel weg und zwickte mich ins Bein. Das passierte doch gerade nicht etwa wirklich? Bestimmt träumte ich das alles nur. Leider tat das Zwicken dafür viel zu doll weh.

»Nun gut, Maximeralda«, flötete Glenna. »Dieser kleine Mensch ist die Möglichkeit, dich neu zu beweisen, um wieder eine richtige Wunschfee zu werden. Zumindest wenn du es schaffst, genug gute Taten zu vollbringen, nicht vergisst, dich zu benehmen, und endlich aufhörst, unsere Feenregeln zu brechen!«

Die drei schauten Maxi so streng an, dass ich selbst ganz weiche Knie bekam.

Doch im nächsten Moment wurde mir plötzlich klar, was es eigentlich bedeutete, dass diese kleine Flaschenfee lauter gute Taten für mich vollbringen musste. Kurz jubelte ich in Gedanken. Was gab es denn bitte Tolleres als das?! Mein Leben würde in Zukunft supercool sein. Bestimmt würde Maxi es schaffen, dass Belle mich nicht mehr ständig ärgerte. Wer weiß, vielleicht würde mich Belle ja sogar zu einer ihrer Freundinnen machen. Dann wäre in der Schule endlich alles ganz einfach. Ich beschloss, Maxi, so gut ich konnte, zu helfen, damit sie bloß keinen Ärger mehr mit den drei tadelnden Tanten bekam und mir in Zukunft bei allem beistehen konnte, was ich alleine nicht hinbekam.

Feenostatisch

»Leider darfst du mich niemandem zeigen!« Maxi guckte erst wieder zu mir, nachdem uns das Feenkomitee nicht mehr aus der Murmel anschaute. »Die drei erlauben nicht, dass uns außer unserem Menschen noch andere sehen können. Deshalb werde ich immer schrumpfen, wenn andere dabei sind. Auf *meine Winzigkeit,* das ist ungefähr so groß.« Maxi zeigte auf den Radiergummi auf meinem Schreibtisch. »Dann siehst nur noch du mich. Für alle anderen bin ich in meiner Winzigkeit unsichtbar.«

Draußen kratzte wieder Baron Schnurr an die Tür. Den Rest des Tages verbrachte ich also vor allem damit, den fauchenden Kater von Maxi fernzuhalten und aufzupassen, dass Papa die kleine Fee nicht doch noch entdeckte.

Beides war gar nicht so einfach. Aber das lag nicht nur daran, dass Maxi wirklich immer dort war, wo auch ich war, sondern dass die kleine Flaschenfee einfach keine Minute still sein konnte. Ständig plapperte sie vor sich hin und erwartete eine Antwort von mir. Schließlich versuchte ich, den Spieß umzudrehen, setzte mich auf mein Bett und bat Maxi, mir mehr über Feen, Wunschbarometer und Zauberstäbe zu erklären. Ich konnte es einfach noch immer nicht fassen: Ich hatte eine eigene Fee! Eine Fee, deren Aufgabe es war, gute Taten für mich zu vollbringen. Was konnte da noch schiefgehen?

Am nächsten Morgen wachte ich davon auf, dass mein Bett wackelte wie ein Schiff in Seenot. Als ich vor Schreck die Augen öffnete, sah ich direkt über mir nicht nur Maxi ihren Zauberstab schwingen, sondern auch einen Sturm an meiner Zimmerdecke toben. Viel zu laut klatschte die Fee in die Hände und rief:

»Na endlich, du Schlafnase! Raus mit dir! Du verschläfst noch dein ganzes Leben!« Im nächsten Moment verschwand der Sturm, und Maxi landete im Schneidersitz auf meinem Nachttisch.

»Was war das da gerade an der Decke?«, brummte ich verschlafen.

»Ach, nur ein kleiner Sturmzauber.« Maxi hob die Hände. »Ich wollte mal sehen, ob ich den noch kann.«

Sofort begann mir die Fee irgendeine Geschichte über einen Wolkenbruch in Island zu erzählen, den sie bei ihrer großen Feenabschlussprüfung gezaubert hatte und von dem alle so schwer beeindruckt gewesen waren, dass sie um ein Haar zur Sturmfee ernannt worden wäre, aber leider …

Ich seufzte und rieb mir die Augen, weil ich noch halb schlief. Morgens hatte ich gern erst mal meine Ruhe, bevor mich jemand vollquatschen durfte. Aber Maxi war das egal. Sie redete und redete und redete. Wenn Papa mich weckte, dann sagte er ganz leise: »Guten Morgen, Murmelchen. Aufstehzeit!« Das wiederholte er mindestens zehn Mal, bevor ich Ärger kriegte.

Mit Maxi war alles anders.

Ich kroch aus dem Bett und suchte meine Jeans. »Für wie viele Leute hast du eigentlich schon gute Taten vollbracht?«, fragte ich.

»Für niemanden!« Maxi hob begeistert die Augenbrauen. »Du bist mein allererster Mensch!«

»Ach so«, antwortete ich und überlegte, ob das nun gut oder eher schlecht war.

*

Es dauerte ein paar Minuten, bis ich es mit meiner Fee an Baron Schnurr vorbeigeschafft hatte. Als ich endlich am Frühstückstisch saß, bemerkte ich, wie meine auf Radiergummigröße geschrumpfte Fee Papas I-Pad untersuchte. Papa sah sie wirklich nicht, nur Baron Schnurr schien Maxi auch in ihrer Winzigkeit wahrzunehmen.

Als ich Maxi gerade vom I-Pad wegwinken wollte, stellte Papa mir eine Müslischale vor die Nase. Also ließ ich es erst mal.

»Na, schon wach, Murmelchen?« Papa zwinkerte mir zu und goss mir Orangensaft ein. »Ist alles in Ordnung?«

»Hm«, nickte ich nur und schob mir einen Löffel Müsli in den Mund, damit Papa aufhörte, mit mir zu reden, und ich Maxi sagen konnte, dass sie das I-Pad in Ruhe lassen sollte. Aber Papa setzte sich mit seiner Kaffeetasse zu mir und blätterte die Zeitung durch.

Unauffällig versuchte ich jetzt doch, Maxi wegzuwinken. Aber die bemerkte mich gar nicht, sondern stieg begeistert auf die spiegelnde Oberfläche des Tablets.

»Was für eine tolle Bahn!«, trällerte sie und schaute einfach nicht zu mir rüber.

»Perfektostatisch!«

Kurz blieb ich steif sitzen, aber Papa hörte Maxi wirklich nicht. Dafür hörte ich ein hohes, kratzendes Geräusch.

Oh nein! Maxi benutzte das I-Pad als Rollschuhbahn!

»Nicht!«, rief ich jetzt, ohne daran zu denken, dass Papa zwar Maxi nicht hörte, mich aber schon.

Sofort schaute er von seiner Zeitung auf, und ich sah die Fragezeichen in seinen Augen. »Was denn?«

Mein Blick fiel auf Baron Schnurr, und da kam mir eine Idee. »Ach, er wollte auf den Tisch springen!«, sagte ich und hob die Schultern.

Von dem Blick, den mir unser Kater zuwarf, bekam ich sofort ein schlechtes Gewissen. Als hätte er meine Mogelei verstanden.

Unauffällig schielte ich zu Maxi, die immer noch jauchzend ihre Kreise über das Tablet zog und mir mit beiden Armen zuwinkte. »Ihr habt die allertollste Rollschuhbahn der gesamten Welt – Feenwelt mit eingeschlossen!« Maxi kam ins Schlittern und landete auf ihrem Hintern.

Da schoss mir eine zweite rettende Idee durch den Kopf, und ich sprang auf. »Ich muss los zur Schule«, sagte ich viel zu laut und griff mir meine Schultasche. Immerhin war Maxi bisher nicht von meiner Seite gewichen. Nicht mal aufs

Klo hatte sie mich allein gehen lassen. Also drückte ich mir und dem I-Pad die Daumen, dass Maxi mir hinterherkommen würde.

»Noch nicht!«, jammerte die Fee, und Papa sagte gleichzeitig: »Du hast doch noch Zeit.«

»Ich habe ganz vergessen, dass ich mit Jule verabredet bin«, sagte ich und flitzte aus der Küche, bevor mich irgendjemand aufhalten konnte.

Mein Plan klappte. Hinter mir hörte ich Maxis Flügel durch die Luft schwirren und die Fee lautstark meckern. Aber ich lief einfach weiter, bevor sie es sich wieder anders überlegte und weiter Rollschuh fuhr.

Nachdem die Ladentür hinter mir bimmelnd ins Schloss gefallen und ich auf mein Fahrrad gestiegen war, schimpfte Maxi immer noch. »Wenigstens noch vier Stündchen hättest du mir auf eurer Rollschuhbahn lassen können!«

»Das ist keine Rollschuhbahn, sondern ein I-Pad!«, unterbrach ich sie. Mir wurde ein bisschen mulmig. Hoffentlich war Maxi in der Schule stiller.

»Aber auf diesem Eipäd kann man sehr gut herumrollen!«

Ich versuchte, das Thema zu wechseln, weil wir der Schule immer näher kamen. Besser, ich erklärte Maxi noch, wie man sich in einem Klassenzimmer verhielt. Nur so zur Sicherheit, aber da klingelte es hinter mir.

»Hi, Paula!«, rief Jule und radelte auf mich zu. Ihre hellblonden Haare wehten im Fahrtwind.

»Hi!«, antwortete ich und freute mich, dass Jule da war. Mit meiner besten Freundin zusammen fühlte sich alles sofort viel leichter an. Maxi war ausnahmsweise auch mal kurz still. So still, dass ich sie für ein paar Minuten fast vergaß.

Socken, die nie zusammenpassen

Kaum waren wir jedoch im Klassenzimmer angekommen, fing Maxi sofort wieder an zu reden. Schnell rutschte ich auf meinen Platz. Der ist ganz hinten im Klassenzimmer, neben Jule. Dabei versuchte ich, so unbemerkt an Belle vorbeizukommen, wie es nur ging. Die macht nämlich fast immer einen blöden Spruch. Meistens darüber, dass ich mal wieder zwei verschiedenfarbige Strümpfe trage – was aber absolut nicht meine, sondern Papas Schuld ist. Der bekommt es einfach nicht hin, Socken zu waschen und passend zusammenzulegen.

Maxi saß auf meiner Schulter, und es schien sie wirklich niemand zu sehen.

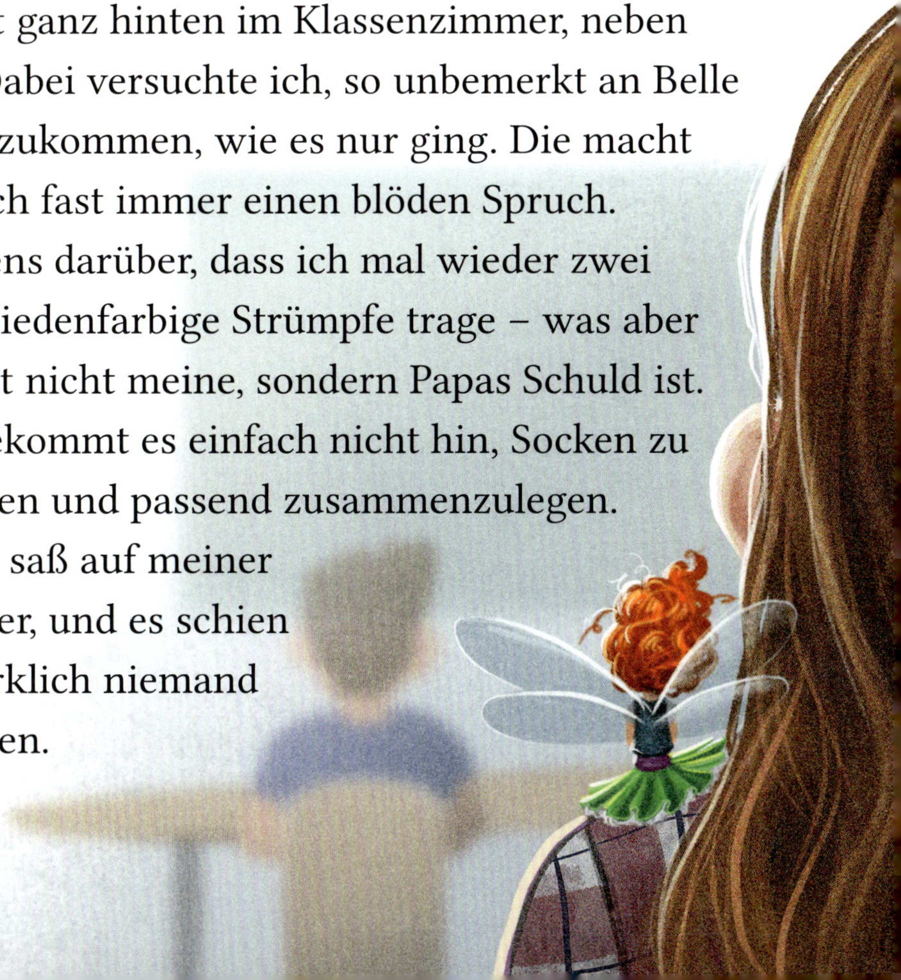

»Worauf warten die hier alle?«, fragte sie, und ohne eine Antwort abzuwarten, fielen ihr noch mehr Fragen ein. »Was ist das für eine seltsame grüne Wand da vorne? Mach mal deine Brotbox auf. Du hast doch nicht etwa vergessen, eine Hochzeitstorte für mich einzupacken? Wie lange müssen wir noch warten? Ich glaube, mir wird langweilig. Können wir jetzt was anderes machen?«

Ich sagte einfach nichts, weil ich keine Ahnung hatte, wie ich Maxis Fragen beantworten sollte, ohne dass sich alle anderen in meiner Klasse über mich wunderten.

Leider war es nur gar nicht so leicht, Jule und Maxi gleichzeitig zuzuhören.

»Guten Morgen«, hörte ich unsere Klassenlehrerein Frau Spatz sagen, und keine zwei Minuten später wusste ich, dass der Rest des Unterrichts besonders schwierig werden würde.

In ihrer Winzigkeit flatterte Maxi im Klassenzimmer herum. Erst wurde mir ganz heiß, aber als ich feststellte, dass sie tatsächlich niemand außer mir sah, entspannte ich mich ein bisschen. Immer wieder landete Maxi auf meiner Schulter, um mir von ihrer neusten Entdeckung zu erzählen.

Besonders schwierig wurde es, als Frau Spatz mit dem Unterricht anfing. In der ersten Stunde hatten wir Mathe, ausgerechnet!

Maxi meinte nämlich, darüber wüsste sie bestens Bescheid. Allerdings plapperte die Flaschenfee mir ständig irgendeine komische Antwort zu. Ich musste höllisch aufpassen, dass ich nicht aus Versehen Maxi anstelle von Frau Spatz antwortete.

»Warum heben die alle die ganze Zeit den Arm?«, fragte mich meine Fee. »Was soll dieses *Zur-Schule-Gehen* überhaupt sein? Armhochheben und Warten?«

»Nein!«, flüsterte ich jetzt doch leise zurück. »Hier lernen wir alles, was wir wissen müssen.«

»Aha«, wunderte sich Maxi und kletterte in meinen Jackenärmel. »Und das passiert beim Warten und Armhochheben?«

»Nein! Natürlich nicht«, raunte ich zurück. »Das bringt uns alles unsere Klassenlehrerin bei.«

»Ach so!« Maxi legte ihren Zeigefinger an den Mund und guckte mich an.

Gleichzeitig drehte sich Jule zu mir. »Mit wem redest du?«

»Mit niemandem!«, antwortete ich und machte ein ahnungsloses Gesicht.

»Aber wieso will diese Frau dann ständig irgendwas von euch erklärt bekommen, wenn sie euch doch etwas beibringen soll?« Maxi schüttelte den Kopf. »Pass auf, Paula, wir werden Frau Spatz

helfen. Ich sage dir die Antworten auf die ganzen Fragen vor, und du sagst sie der Frau da vorne. Aber danach ist Schluss! Dann sagst du deiner Lehrerin bitte, dass wir heute auch noch etwas anderes vorhaben, als für sie stundenlang Matheaufgaben auszurechnen. Wir können ihr schließlich nicht den lieben langen Tag lang helfen. Ein bisschen muss sie auch mal versuchen, die Ergebnisse selbst herauszufinden.«

»Aber sie weiß das doch, sie will nur …«, flüsterte ich Maxi zu. Doch im nächsten Moment biss ich mir auf die Zunge.

Jule warf mir nämlich schon wieder einen seltsamen Blick zu. »Mit *wem* redest du?«, fragte sie jetzt zum zweiten Mal.

Ich guckte empört zurück, schüttelte den Kopf und nahm mir vor, den Rest der Stunde kein einziges Wort mehr von mir zu geben. Das wurde langsam echt peinlich.

Nach der dritten Stunde beruhigte sich Maxi endlich. Leider hielt meine Freude darüber nicht allzu lange an.

»Hör zu, Paula Goldenberg, ich hab eine Idee für meine allererste gute Tat für dich!«, verkündete Maxi. Dummerweise hörte ich meine Fee nur, sah sie aber nirgends.

Vorsichtshalber kniff ich die Lippen aufeinander, damit mir bloß keine laut ausgesprochene Antwort rausrutschte.

»Du hebst ja nie deinen Arm, so wie die anderen Kinder! Deshalb werde ich dir jetzt beim Armhochheben helfen. Das ist nämlich ganz leicht!«

Noch ehe ich protestieren konnte, tippte mich ein kleiner Zauberstab an. Ich sah noch ein bisschen Feenstaub rieseln, dann hob sich plötzlich mein Arm wie ferngesteuert, und ich meldete mich. Ich konnte nichts dagegen tun, mein Arm ragte einfach in die Luft.

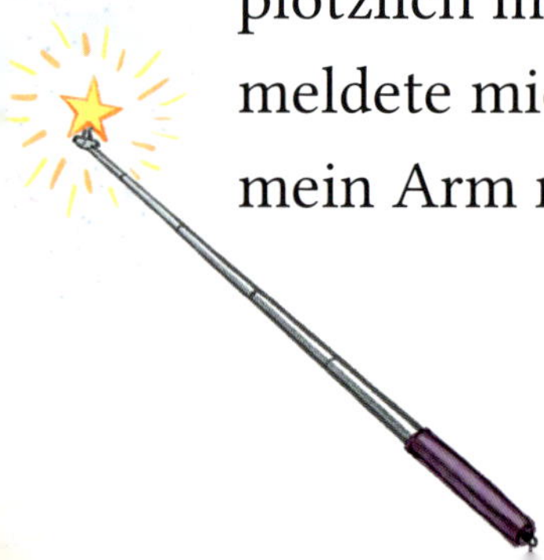

»Lass meinen Arm los!«, rutschte es mir nun doch heraus. Sofort drehten sich alle Köpfe zu mir um.

»Ja, Paula? Was gibt es denn?« Frau Spatz schaute mich fragend über ihre Brillengläser hinweg an. Genau wie alle anderen in der Klasse.

»Äh …«, stotterte ich und spürte, dass ich knallrot anlief. »Gar nichts, ’tschuldigung.«

Ich hörte Belle tuscheln und kichern. Trotzdem ragte mein Arm weiter in die Luft. Am liebsten wäre ich im Boden versunken, so schrecklich peinlich war das.

»Warum sagst du nicht mal was?«, schimpfte Maxi mit mir. »Jetzt ist meine gute Tat misslungen!«

Ich wollte Maxi böse anfunkeln, sah sie aber immer noch nicht.

»So werde ich ja nie wieder eine richtige Wunschfee! Du musst schon ein bisschen mitmachen«, maulte mir Maxi ins Ohr, und ich hörte ihre Flügelchen um mich herumschwirren.

Endlich konnte ich meinen Arm wieder runternehmen. Zur Strafe tat ich den Rest der Stunde so, als könnte ich Maxi weder hören noch sehen. Langsam fand ich mein Leben mit Fee ziemlich anstrengend. Und leider auch völlig anders, als ich es mir vorgestellt hatte.

*

Als die Schule endlich aus war, sah ich, dass Belle und ihre Freundinnen immer noch kicherten und zu mir rüberschauten. Ich stieß Jule in die Seite und nickte in Belles Richtung, aber Jule verdrehte nur die Augen.

»Ärger dich doch nicht so über die!«, sagte sie.

Maxi hatte schon eine Minute lang nichts mehr zu mir gesagt. Kurz wunderte ich mich, stieg dann aber einfach auf mein Fahrrad. Obwohl ich immer noch wütend auf die Fee war, trat ich trotzdem erst in die Pedale, als ich ihr Flügelschwirren hinter mir hörte.

Wie immer radelten Jule und ich ein Stück zusammen nach Hause. Bevor sie sich an der Kreuzung zur Elisengasse verabschiedete, drückte sie mir noch einen Briefumschlag in die Hand. Ich winkte ihr hinterher und sauste erleichtert die Elisengasse hinunter.

Als ich mein Fahrrad an die Schaufensterscheibe von *Goldenbergs Dinge* lehnte, warf ich

Maxi meinen bitterbösesten Blick zu. »Das war heute das Gegenteil von einer guten Tat!«

»Na gut«, antwortete sie. »Aber wieso?«

»Weil es peinlich war!«

Die kleine Fee klimperte mich verständnislos an. »Dann machen wir es morgen eben ohne Peinlichkeit. Auch gut!« Maxi guckte so verdaddert, dass ich ihr schon nicht mehr richtig böse sein konnte.

»Du kannst mich in der Schule nicht andauernd stören!«, sagte ich. »Du musst leise sein, und du darfst keinen Unsinn machen!«

Maxi nickte gleich dreimal hintereinander, sodass ihr die Locken um den Kopf wirbelten. **»Zippo-zappo-klärchen!** Hoch und heilig verspreche ich, ab sofort mit keinem Unsinn mehr peinlich zu stören. Oberstes Feenehrenwort!«

Dann schwang Maxi ihren Zauberstab, und ich hielt die Luft an, aber es passierte nichts.

»Keine Sorge!« Maxi kicherte, als sie meine großen Augen sah. »Der ist doch halb kaputt. Wegen der spießigen Glenna und so.«

Jetzt musste ich auch lachen und winkte Maxi in den Trödelladen. Auch wenn die Sache mit dem Wünscheerfüllen bislang noch nicht so richtig geklappt hatte, wurde es immerhin nicht langweilig mit der kleinen Fee.

In meinem Zimmer öffnete ich endlich den Briefumschlag, den Jule mir gegeben hatte. Ich wusste zwar schon, was drin war, freute mich aber trotzdem wie verrückt. Es war die offizielle Einladungskarte zu Jules Geburtstagsparty, die morgen stattfinden sollte. Ich liebte die Partys bei Jule. Nicht nur, weil Jule meine beste Freundin war, sondern auch, weil sie die allertollsten Geburtstagspartys feierte. In der Klasse redeten danach alle noch tagelang davon, weil sich Jule und ihre Mutter immer die wildesten Sachen ausdachten. Letztes Jahr hatten sie die Geburtstagsfeier in eine riesige Trampolinhalle verlegt. Das war so lustig gewesen! Selbst Belle hatte am nächsten Tag neidisch geguckt, weil sie nicht eingeladen gewesen war. Ich freute mich schon riesig auf morgen.

Ein furchtbar schlechter Katastrophenplan

Als ich am nächsten Tag in die Klasse kam, zeigte Belle mit dem Finger auf mich und tuschelte mit ihren doofen Freundinnen. Ich versuchte, cool zu bleiben. So cool, wie Jule es immer war, und ging einfach an Belle vorbei.

Hinter mir hörte ich Wortfetzen wie »komisch«, »die Tochter vom Schrotthändler« und »Selbstgespräche«. Dann kicherten die drei wieder. Es klang fies.

Neben mir zischten Maxis Flügel durch die Luft. »Ist die immer so?«, wollte meine Fee wissen.

»Meistens«, flüsterte ich auf dem Weg zu meinem Platz. »Aber frag mich ab jetzt nichts mehr. Dann hört sie bestimmt wieder auf damit!«

»Einfach so?«, hörte ich Maxi trotzdem noch fragen, dann sah ich Jule und setzte mich schnell neben sie.

»Alles Gute zum Geburtstag!«

Jule strahlte mich an. »Danke!«

»Und, freust du dich auf die Party heute?« Ich strahlte zurück.

Jule nickte. »Und wie! Es gibt wieder eine Superüberraschung für alle. Du kommst doch, oder?«

»Klar komme ich!«, sagte ich. »Was denn sonst?«

Bis zur großen Pause versuchte ich, Maxis Millionen Fragen zum Thema Party zu ignorieren. Aber auf dem Schulhof hielt es meine Fee einfach nicht mehr aus, und ich erklärte ihr endlich, was eine Party war.

Leider guckten genau in dem Moment ein paar Mädchen aus der Parallelklasse zu mir rüber. Und gleichzeitig stellte sich ausgerechnet Belle

mit ihren Freundinnen im Schlepptau dazu. Jetzt tuschelten sie alle und kicherten aufs Neue.

»Mit was oder wem hast du da gerade schon wieder geredet?«, fragte jetzt auch Jule, die neben mir auftauchte.

»Mit niemandem!«, sagte ich und klang dabei unfreundlicher als beabsichtigt.

»Ist ja gut.« Jule hob abwehrend die Hände. »Ich frag ja nur. Keine Geheimnisse zwischen uns, haben wir doch abgemacht, oder gilt das nicht mehr?«

»Doch, natürlich gilt das noch«, sagte ich und verzweifelte kurz an dem Versprechen, das ich Jule gegeben hatte, und dem, das ich Maxi hatte geben müssen. Beide Versprechen konnte man einfach nicht gleichzeitig halten.

»Ich muss mal.« Jule drehte sich um und ging weg.

»Bis gleich!«, rief ich ihr hinterher und wünschte mir nichts mehr, als dass Jule Maxi sehen könnte.

»Was hat die für ein Problem?« Maxi schwirrte um mich herum und zeigte auf Belle. »Die erzählt allen, du würdest mit dir selber reden!«

Vor Schreck blieb kurz mein Herz stehen, und ich merkte, wie mir warm wurde.

»Diese Belle sollte für ihr Benehmen hundert Jahre Flaschenarrest bekommen!« Maxi schnaubte vor Wut, und dabei sah ich eine kleine gelbe Dampfwolke über ihrem Kopf aufsteigen. »Der werde ich es zeigen!«

Jetzt wurde mir richtig heiß. »Nein, bitte nicht! Dann wird die nur noch schlimmer.«

»Wieso?« Maxi landete auf meiner Schulter.

»Wenn ich so tue, als würde es mich nicht ärgern, dann hört Belle meistens von selbst auf. Bitte!«, flehte ich Maxi an. »Wenn du etwas Gutes für mich tun willst, mach einfach nichts!«

»Das ist ein furchtbar schlechter Katastrophenplan, Paula Goldenberg!« Maxi brummelte vor sich hin. »Aber wenn du es unbedingt willst, dann mache ich eben nichts.«

Kurz überlegte ich, ob ich Maxi von meinem Wunsch erzählen sollte, mit Belle befreundet zu sein. Nur, das war gegen die Regeln. Das hatte Maxi mir schließlich gleich am ersten Tag erklärt. Sie musste ja leider selbst darauf kommen, welche Taten gut für mich waren. Aber irgendwie lief das hier gerade in die völlig falsche Richtung. Anstatt dass Maxi versuchte, dass Belle mich mochte, wollte sie es ihr heimzahlen. Ich stöhnte innerlich. So hatte ich mir das mit den guten Taten nun wirklich nicht vorgestellt!

Klein, kleiner, am kleinsten

Am Ende der letzten Stunde wartete ich extra so lange, bis auch Belle ihre Tasche gepackt hatte und verschwunden war – nicht dass Maxi doch noch auf dumme Gedanken kam. Jule fand mich viel zu langsam, schließlich war heute Nachmittag ihre Geburtstagsparty. Deshalb winkte sie mir nur zu und sauste wie der Blitz nach Hause. Nur Maxi wartete mit mir, meckerte aber die ganze Zeit, dass sie auch endlich gehen wollte. Und da passierte es.

Als außer der kleinen Fee und mir niemand mehr im Klassenzimmer war, wurde mir klar, dass Maxi recht hatte. Mein Plan, Belle nicht zu beachten und einfach nichts zu tun, war wirklich ein furchtbar schlechter Katastrophenplan.

Als ich nämlich die Türklinke herunterdrückte, um als Letzte das Klassenzimmer zu verlassen, war die Tür zu. Sie war abgeschlossen.

»Hallo!«, rief ich, so laut ich konnte. Aber alles, was ich hörte, war nur leises Gekicher und ein paar schnelle Schritte, die schließlich verhallten.

Maxi stemmte die Arme in die Seiten. »Das war diese blöde Belle!«, schimpfte sie und wuchs auf ihre volle Kugelschreibergröße an.

»Wie denn?«, überlegte ich. »Belle hat doch gar keinen Klassenzimmerschlüssel.« Doch dann fiel mir ein, dass unser Hausmeister uns manchmal selbst abschließen ließ. Weil er wollte, dass wir mehr Verantwortung übernahmen.

»Mist!«, sagte ich und spürte Panik in mir aufsteigen. »Ausgerechnet heute. Jules Party fängt doch gleich an!« So laut ich konnte, donnerte

ich gegen die Tür. »Hallo! Haaallooooo!«, brüllte ich. »Hiiilfeeeee! Ich bin eingesperrt!«

Aber es war niemand mehr da, der mich hätte hören können.

Okay, jetzt nicht panisch werden, sagte ich mir. Stattdessen holte ich ganz tief Luft, schluckte meinen Kloß im Hals runter und ging zum Fenster. Doch als ich es öffnete und nach unten schaute, sah ich nur einen leeren Schulhof. Gleichzeitig wurde mir fast schwindelig. Wir waren im dritten Stock, zum Rausklettern war das viel zu hoch.

Weil ich nicht weiterwusste, ließ ich mich auf einen Stuhl fallen. In meinem Kopf purzelten die Gedanken durcheinander. Ich drehte mich zu Maxi, die wild im Klassenzimmer herumschwirrte und offensichtlich ebenfalls nach einer Lösung suchte.

»Was kannst du eigentlich so zaubern?«, fragte ich die Fee und drückte mir die Daumen, dass es irgendetwas war, das mir jetzt half. Ein Handy zum Beispiel.

Maxi landete auf einem der Tische und zählte ihre Feenzauber auf: »Also, am besten kann ich Unsichtbarsein, Durch-Wände-Gehen und Fliegen. Die meisten anderen Zauber funktionieren gerade nicht. Wegen Glenna, du weißt doch.«

Meine Schultern sackten nach unten. Davon half mir jetzt überhaupt nichts weiter. Maxi konnte zwar hier raus, aber es durfte sie ja niemand sehen, also konnte sie auch keine Hilfe holen.

»Ich hab's!«, jubelte Maxi trotzdem und klappte ihren Zauberstab auseinander. »Ich mache ein paar schöne Windböen, die hab ich gestern doch geübt. Die können uns davonwehen, raus aus dem Fenster und runter auf den Schulhof!« Maxi hopste begeistert in die Höhe.

»Auf keinen Fall! Das ist viel zu hoch und gefährlich!«, protestierte ich. »Du kannst mich doch nicht einfach aus dem Fenster wehen!«

Maxi stöhnte und verdrehte die Augen, während ich fieberhaft weiter nachdachte. Was, wenn ich hier nicht bald rauskam? Dann schaffte ich es nicht zu Jules Party, und Jule war bestimmt schrecklich sauer auf mich. Oh Gott, vielleicht mussten wir hier sogar übernachten!

»Wir machen es anders«, beschloss Maxi und hopste vom Tisch. »Du bist einfach zu groß.«

»Wie? Was?«, fragte ich, aber da schwang die kleine Fee schon ihren Zauberstab und tippte mich an.

»Besser, ich versuche es erst mal, bevor du wieder irgendwas dagegen hast!« Leise murmelte Maxi vor sich hin und schrumpfte sich selbst zurück auf Radiergummigröße. Dann rief sie: **»Klein, kleiner, am kleinsten! Und das zacki-dalli-plötzlich!«**

Feenstaub rieselte auf mich herab. Im nächsten Moment fühlte ich mich seltsam, und es machte *Plopp!*. Dann wurde der Raum um mich herum auf einmal irgendwie größer. Ich rieb mir die Augen, aber Tische, Stühle, Schränke fingen wirklich an zu wachsen. Wieder machte es *Plopp!* und noch einmal, und jedes Mal wurde alles um mich herum größer und größer.

Es dauerte einen Moment, bis ich begriff, dass es nicht der Raum war, der wuchs, sondern dass ich es war, die schrumpfte. Ich kam dem Boden immer näher. Nach dem letzten *Plopp!* war ich so winzig wie Maxi. Gleich groß und völlig fassungslos stand ich ihr gegenüber.

Maxi hingegen strahlte mich an, griff nach meiner Hand und hopste mit mir vom Tisch. Ich schlug mir das Knie auf. Schließlich waren wir beide nur radiergummigroß. Aber Maxi zog mich weiter zur Tür.

»Und jetzt rutsch da durch!« Meine Fee zeigte auf die Tür.

Ich verstand nur Bahnhof. »Wo?«, fragte ich noch, doch im nächsten Moment begriff ich, was Maxi meinte. Der Türspalt! Unter dem quetschte sie sich längst mit knallrotem Kopf hindurch. Mir entwich ein Jubelschrei vor lauter Freude. Was für ein Glück es doch war, dass ich eine eigene Fee hatte, die mich schrumpfen konnte, wenn es nötig war! Schnell quetschte ich mich ebenfalls durch den Spalt und hopste dreimal in die Höhe, als ich neben Maxi im Flur stand.

Jetzt schaffte ich es doch noch zu Jules Geburtstagsparty. Und übernachten mussten wir hier auch nicht! Vor Erleichterung sprang ich noch mal in die Luft und strahlte meine tolle, großartige Fee an. »Danke, Maxi!«, rief ich. »Und jetzt zauber mich schnell wieder groß!«

Supergute Aussicht

Maxi klappte stolz ihren Zauberstab auseinander und schwang ihn durch die Luft. Dabei murmelte sie wieder etwas vor sich hin und rief schließlich: **»Groß, größer, am größten. Jetzt eins, zwei, drei – ganz schnell herbei!«** Doch aus dem Zauberstab sprühte nur ein mickriger Funken, mehr nicht.

»Verflixtes Ding!« Maxi schüttelte ihren Stab und versuchte es noch einmal, aber auch beim zweiten Mal passierte nichts. Und auch nicht beim dritten, vierten oder fünften Mal.

Maxi guckte auf ihre Rollschuhe. »Oh! Ähm … also …«, nuschelte sie. »Ich hab ganz vergessen, dass ja auch die Großzauberei etwas ist, das Flaschenfeen vorübergehend nicht dürfen.«

»Waaas?« Mir blieb die Spucke weg. »Soll das

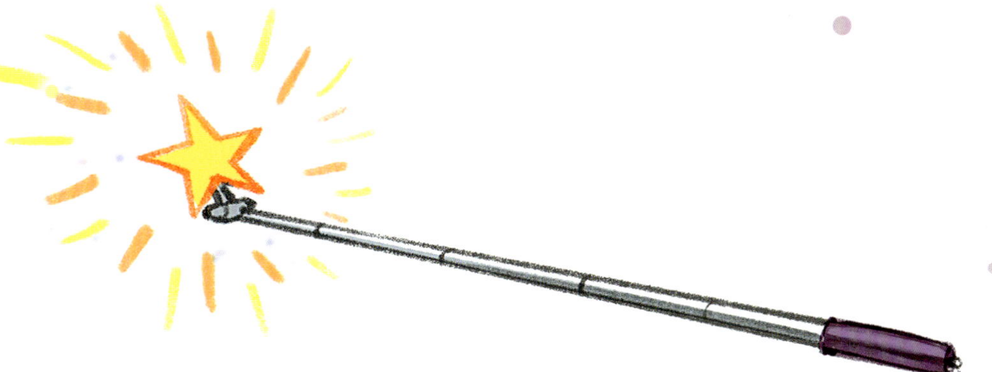

heißen, ich muss jetzt so lange so klein bleiben, bis du wieder eine richtige Fee geworden bist?«

Maxi guckte weiter auf ihre Rollschuhe und nickte.

»Aber ... äh ...«, stotterte ich. »Wie lange dauert das denn noch, bis du wieder eine Wunschfee bist?«

Maxi zuckte die Schultern. »Du weißt doch, nur bis ich genug gute Taten für dich vollbracht habe.«

Ich schnappte nach Luft. »Das hier zählt nur leider nicht als gute Tat! Ich bin kleiner als eine Maus!« Ich war so wütend wie schon lange nicht mehr. Diese Fee konnte mich doch nicht einfach in eine Spielzeugfigur verwandeln und dann keinen Rückgängigzauber mehr draufhaben! Ich verfluchte mich mehrmals dafür, dass ich Maxi aus ihrer Flasche befreit hatte, und schimpfte vor mich hin.

»Anstatt mir zu helfen und meine Wünsche zu erfüllen, machst du alles nur noch schlimmer! Okay, Belle ärgert mich zwar auch sonst die meiste Zeit, aber ins Klassenzimmer eingesperrt hat sie mich noch nie. Dabei weiß sie ganz genau, dass ich heute zu Jules Party will!«

Maxis Augen wurden immer größer, und es war einer der wenigen Momente, in denen meine Fee mal nichts zu sagen hatte.

Doch so plötzlich, wie meine Wut gekommen war, verpuffte sie auch wieder. Schließlich war Belle an dem ganzen Schlamassel schuld, nicht Maxi. »Was machen wir denn jetzt?«, fragte ich verzweifelt.

»Ich bringe dich jetzt erst mal nach Hause«, beschloss Maxi kleinlaut. »Ein bisschen frische Luft, und mir fällt bestimmt etwas ein.«

An die frische Luft zu kommen, war allerdings leichter gesagt als getan. Wenn man nämlich nur so groß wie ein durchschnittlicher Radiergummi ist, muss man sehr viele Schritte machen, um einen Schulflur bis zum Ausgang entlangzulaufen. Schließlich hatte ich keine Flügel wie Maxi und konnte nicht einfach davonflattern. Auf dem Boden krabbelte mir ein schwarzer Käfer entgegen. So winzig, wie ich gerade war, sah der ziemlich gefährlich aus. Ich machte einen weiten Bogen um ihn. Doch da summte es plötzlich über mir, und eine Monsterfliege zischte über meinen Kopf hinweg. Ich lief, so schnell ich konnte, und hatte trotzdem das Gefühl, überhaupt nicht voranzukommen.

Als wir nach einer gefühlten Ewigkeit endlich am Schultor ankamen, rollten mir die Tränen über die Wangen. Was sollte ich denn jetzt machen? *So* konnte ich auf keinen Fall zu Jules Party. *So* konnte ich nicht mit Papa reden, ohne dass er sich schrecklich erschreckte, und *so* konnte ich auch nicht mehr in die Schule gehen. Das wäre zwar weniger schlimm, bedeutete aber, dass ich auch sonst nichts mehr konnte, außer mich in meinem Zimmer zu verstecken.

Auf der Straße donnerten die Autos und Fahrräder wie Maschinenriesen an mir vorbei. Eine Abgaswolke quoll aus einem Auspuff und nebelte mich ein.

Als ich endlich wieder etwas sah, stupste Maxi mich vorsichtig an und versuchte zu lächeln. »Ich könnte mit dir fliegen. Das macht Spaß! Die Chance hast du so schnell nicht wieder!«

Während ich noch zögerte, bemerkte ich, wie ein Dackel auf uns zurannte. Entsetzt klammerte ich mich an die kleine Fee.

»Ich denke, das ist ein Ja«, beschloss Maxi, packte mich an meinem Schulranzen, der zusammen mit mir geschrumpft war, und flatterte in die Höhe.

Ich schrie vor Schreck, als wir über dem Dackel davonflogen, und er versuchte, nach mir zu schnappen. Ich fühlte mich, als hätte mich jemand in die wildeste Achterbahn der Welt

gesetzt. Aber wenigstens war ich hier oben sicher vor Monsterfahrrädern und Riesentieren.

»Nicht loslassen!«, brüllte ich, aber Maxi zwinkerte mir nur zu und flog noch ein Stückchen höher.

»Supergute Aussicht, oder?«, rief die Fee und flog einen kleinen Schlenker, von dem mir übel wurde.

Dafür ging es wirklich schnell. Ein paar Minuten später landete Maxi vor *Goldenbergs Dinge.* Mein Herz trommelte, und ich atmete schwer, als ich mich unten gegen die Ladentür stemmte, während Maxi oben die Klinke herunterdrückte. Gemeinsam gelang es uns, die Tür einen Spaltbreit zu öffnen.

Papa saß hinter dem Tresen und sah zur bimmelnden Türglocke. Während er sich noch wunderte, dass gar niemand hereinkam, kämpfte ich mich durch den Laden die Treppe hinauf in den ersten Stock. Zum Glück döste Baron Schnurr in der Küche und bemerkte uns nicht. Erst als ich in meinem Zimmer ankam, wusste ich, was zu tun war. Auch wenn es Maxi nicht gefallen würde. Aber eine andere Möglichkeit gab es nicht.

»Ich weiß, was wir jetzt machen!«, verkündete ich und rollte mir die Murmel zurecht. »Komm mal!«

Maxi landete neben mir und schüttelte sofort den Kopf. »Aber wozu denn die dumme Murmel? Du kannst mich doch nicht einfach beim Feenkomitee verpetzen? Das geht nicht!« Meine Fee schaute mich empört an. »Glenna macht eine Schnecke aus mir, einen Regenwurm, oder ich muss wieder in die garstige Flasche zurück!«

»Maxi!« Meine Stimme klang ungewohnt laut. »Ich kann so nicht bleiben. Und wenn *du* keinen Großmachzauber kannst, muss es jemand

machen, der es kann. Glenna kann es, stimmt's?«

»Jaaa schon ...«, sagte Maxi gedehnt. »Aber wenn wir gleich groß sind, können wir noch viel mehr Spaß zusammen haben. Fliegen ist doch lustig!«

»Aber ich will trotzdem wieder so sein, wie ich war! Und deshalb müssen mich die drei Oberfeen wieder groß zaubern.«

Maxi kniff die Lippen aufeinander. Besorgt schaute sie zu ihrer Flasche und stöhnte. Die Flasche sah noch dunkelgrüner aus, als sie es sowieso schon war. »Muss das sein?«, quengelte sie. »Die drei verstehen nie das kleinste bisschen Spaß. Und meine Flasche soll doch rosa werden und nicht noooch schimmelgrüner.«

»Es muss trotzdem sein!«, sagte ich und zeigte auf die Murmel. »Also, los jetzt!«

Im Schneckentempo klappte Maxi ihren Zauberstab auseinander und stöhnte noch dreimal, bis endlich Feenstaub durch die Luft rieselte. Kurz sah ich gar nichts, bis mich die drei Oberfeen aus der Murmel anstarrten.

»Was ist denn hier los?«, meckerte Glenna. »Wieso ist dein Mensch … winzig?«

Die Feendamen guckten uns so streng an, dass ich das Gefühl hatte, unter ihren Blicken noch weiter zu schrumpfen.

»Tja … also … das war folgendermaßen …«, stotterte Maxi vor sich hin. »Bitte, bitte, steckt mich nicht zurück in die Flasche! Ich wollte nur Gutes tun, **großes Feenehrenwort!«**

Die Oberfeen raunten sich etwas zu, dann schüttelten sie ihre Köpfe.

»Maxi wollte mir wirklich nur helfen!«, unterbrach ich die drei. »Eine Mitschülerin hat mich eingesperrt, und Maxi wollte eine gute Tat vollbringen und hat mich befreit. Dabei hat sie leider vergessen, dass sie den Großmachzauber vorübergehend nicht machen darf.«

Ein gelbes, ein violettes und ein pinkes Augenpaar funkelten mich an.

»Ist das so?«, fragte Glenna streng.

Maxi und ich nickten um die Wette. Dabei schwang mir Maxis Lockenberg ins Gesicht, schließlich waren wir gerade gleich groß.

»Das war wahrlich keine Glanzleistung, aber wir sehen schon, hier muss gehandelt werden.« Glenna tippte mit ihrem Zauberstab von innen gegen das Murmelglas und sagte seltsame Worte. Dann zeigte sie mit dem Finger auf mich und polterte: »Festhalten!«

Blitze schossen aus der Murmel und hüllten mich in blassblauen Dunst. Dann machte es *Plopp!*, und um mich herum wurde alles ein Stückchen kleiner. Und dann machte es noch einmal *Plopp!* und noch einmal, und ich schoss in die Höhe, bis ich wieder ich selbst war.

Während das Feenkomitee Maxi eine Standpauke hielt, schaute ich auf die Uhr. Oh nein! Es war viel zu spät für Jules Geburtstagsparty. Was würde sie jetzt nur von mir denken? Ich hatte ja noch nicht mal abgesagt. Meine Erleichterung von gerade eben verpuffte einfach. Wieso hatte ausgerechnet ich über die Flasche in Papas Laden stolpern müssen? Bislang hatte Maxi für nichts als Chaos gesorgt.

Die schlechteste Ausrede aller Zeiten

Am Freitagmorgen überlegte ich den gesamten Weg zur Schule, wie ich Jule nur erklären konnte, warum ich gestern nicht zu ihrer Party gekommen war.

»Sag ihr, du hattest plötzlich eine sehr schwere Krankheit und konntest nicht aufstehen«, schlug Maxi vor.

»Pfff, so ein Quatsch!«, sagte ich nur. »Das glaubt sie mir doch eh nie.«

»Dann sag …«, überlegte Maxi und zwirbelte sich eine Locke um den Finger, »… dass du dich auf dem Weg zu Jule auf eine Parkbank gesetzt hast, um dir die Schuhe zuzubinden. Und plötzlich hat sich ein extrem dicker Junge neben dich auf das Geschenk gesetzt, das du für Jule dabeihattest.

Das Geschenk war kaputt, und du wolltest auf keinen Fall ohne Geschenk kommen.«

»Das ist aber gelogen und sehr schlecht noch dazu!«, protestierte ich. Maxi war mir überhaupt keine Hilfe in der Sache. »Ich will doch meine allerbeste Freundin nicht anlügen! Das ist ja noch schlimmer.«

»Aber die Wahrheit darfst du ihr nicht sagen, bitte!«, jammerte Maxi. »Sonst bekomme ich noch mehr Ärger mit den Oberfeen. Vielleicht

muss ich dann wieder in die dumme Flasche zurück.«

Ich stöhnte und lief weiter. »Mach dir keine Sorgen. Die Wahrheit würde Jule mir eh nicht abnehmen. Wer bitte glaubt einem schon, dass man auf Radiergummigröße geschrumpft wurde und nicht kommen konnte, weil man drei Stunden für den Nachhauseweg gebraucht hat?«

Als ich endlich im Klassenzimmer ankam und mich neben Jule setzte, lächelte ich sie vorsichtig an. Aber Jule drehte sich einfach weg und beachtete mich nicht.

»Hi!«, sagte ich leise und legte mein Geschenk vor sie auf den Tisch. »Tut mir leid, dass ich gestern nicht kommen konnte!«

»Und wieso nicht?«, fragte Jule nur, ohne mich anzusehen.

Ich schluckte. »Ist schwierig zu erklären.«

»Was ist denn daran schwierig?« Jule schob das kleine, glänzende Päckchen zu mir zurück.

Maxi saß in meinem Jackenärmel und stöhnte. »Jetzt hast du die gute Ausrede mit dem Geschenk vermasselt!«

Bevor ich noch irgendetwas zu Jule sagen konnte, begann Frau Spatz mit dem Deutschunterricht.

Die ganze Stunde über redete Jule kein einziges Wort mehr mit mir. Und auch auf dem Schulhof ließ sie mich stehen. Stattdessen ging sie ausgerechnet zu Belle und ihren blöden Freundinnen. Auch das noch! Belle fand Jule nämlich im Gegensatz zu mir ganz cool. Bestimmt würde Jule jetzt Belles Freundin werden dürfen, wenn sie nicht mehr mit mir befreundet war.

Allein mit meiner kleinen Fee stand ich auf dem Schulhof und wusste nicht, was ich tun sollte.

»Wie kann etwas nur so schrecklich schiefgehen, obwohl man doch alles in Ordnung bringen wollte?«, ärgerte sich Maxi. Ich sah wieder eine gelbe Rauchfahne aus ihren Ohren aufsteigen und an mir vorüberziehen. Das passierte immer, wenn Maxi richtig wütend wurde.

Doch noch etwas geschah, was nur ganz selten vorkam. Maxi war still und sagte nichts mehr. Mit einem riesigen Traurigkeitskloß im Magen setzte ich mich hinter die Tischtennisplatten in eine abgelegene Ecke. In der war ich am wenigsten zu sehen und auch nicht zu hören. Vielleicht hatte Maxi ja doch noch einen Vorschlag für mein Problem. Einen, der nicht völlig daneben war. Für irgendwas musste diese Fee doch gut sein!

»Was soll ich denn jetzt bloß machen?«, flüsterte ich und wischte mir eine Träne von der Wange. Aber Maxi reagierte nicht. Wo war sie überhaupt? In meiner Jacke saß sie jedenfalls nicht mehr, und auch ihre schwirrenden Flügel hörte ich nicht. Ich sah mich um, konnte Maxi aber nirgends entdecken. Seltsam, sonst sah ich sie eigentlich immer, egal, wie gut sie sich versteckt hatte. »Maxi?«, sagte ich leise. »Wo bist du?«

Aber eine Antwort bekam ich nicht.

Stattdessen wurde der Kloß in meinem Magen noch ein bisschen größer. Jetzt fühlte ich mich wirklich allein.

Oberextra- und absolut wichtig

Als endlich die große Pause vorbei war und ich mit schrecklichen Bauchschmerzen die Treppe zum Klassenzimmer hinauflief, fing mich Jule an der Toilettentür ab.

»Psst, Paula! Komm mal!«, raunte sie und winkte mich auf die Mädchentoilette.

Völlig verwirrt, dass Jule plötzlich doch wieder mit mir redete, folgte ich ihr – und verschluckte mich fast vor Schreck, als ich Maxi auf dem Waschbeckenrand stehen sah. Meine Fee war nicht mehr radiergummigroß, sondern hatte ihre normale Kugelschreibergröße. Die Größe, die sie nur annahm, wenn sie mit mir allein war! Maxi war für Jule voll sichtbar! Ich hielt die Luft an.

»Warum hast du mir das nicht gesagt!«, schimpfte Jule mit mir, lächelte mich aber gleichzeitig erleichtert an. »Ich dachte, du hättest keine Lust gehabt, zu meiner Party zu kommen!«

»Nein! Natürlich nicht. Aber …«, haspelte ich. »Weil …«

»Paula durfte mich nicht verraten«, unterbrach Maxi mein Gestammel. »Und du darfst mich auch nicht verraten. Das ist **oberextra- und absolut wichtig!** Das darfst du auf gar keinen Fall vergessen. Ich habe bei dir nur eine Ausnahme gemacht, weil Paula so verzweifelt war und ich es nicht mit angucken konnte. Ich habe mir nämlich schon gedacht, dass du Paula nur verzeihst, wenn du weißt, warum sie gerade so ist, wie sie ist.«

Maxi reckte sich und pikte Jule mit ihrem Zeigefinger an. »Außerdem ist diese Belle daran schuld, dass Paula nicht kommen konnte.«

»Na ja …« Ich musste lachen. »Und ein ganz kleines bisschen auch eine gewisse Fee mit dem Namen Maxi von Phlip.«

Maxi stöhnte und klappte ihren Zauberstab zusammen. »Aber wirklich nur ein ganz winziges kleines bisschen. Gar nicht der Rede wert.«

Jule sah aus, als wäre sie mit ihren Gedanken längst woanders. »Das ist der Wahnsinn!«, unterbrach sie Maxi und strahlte mich an. »Wie obercool. Du hast eine eigene Fee!«

Erleichtert lächelte ich zurück und spürte, wie

sich der Kloß aus Traurigkeit in meinem Magen auflöste.

*

Der Unterricht war nur noch halb so schlimm, weil jetzt auch Jule meine ständig plappernde Fee hören und sehen konnte. Ich musste also nur noch halb so doll aufpassen, wenn ich Maxi im Klassenzimmer antwortete. Ab jetzt rutschte Jule nämlich auch immer wieder eine Antwort auf ihre endlose Fragerei heraus.

Nach Schulschluss flatterte Maxi in ihrer Kugelschreibergröße zwischen Jule und mir herum und plapperte über alles, was uns auf dem Weg so begegnete. Doch plötzlich hörte Maxi mitten im Satz auf zu reden und hielt an. Ich drehte mich zur Seite, um zu sehen, was los war, und da entdeckte ich es auch. Auf die staubige Autoscheibe, neben der wir gerade stehen geblieben waren, hatte jemand mit einem Finger eine Nachricht geschrieben:

Maximeralda!

Eine unserer obersten Feenregeln lautet:
Du darfst von niemandem gesehen werden außer von DEINEM Menschen!!!
Dass du dich nicht daran gehalten hast, war vielleicht eine gute Tat für Paula, dennoch hast du erneut eine unserer Regeln gebrochen.
Zur Strafe musst du nun auf zwei weitere Feenkräfte verzichten. Welche das sind, wirst du selbst bemerken.

Unterzeichnet: Glenna, Elida und Luma

»Waaaaaas?« Maxis Kopf schnellte von mir zu Jule und wieder zurück zur Botschaft auf der Autoscheibe. »Immer müssen die an mir rumnörgeln! Egal, was ich mache, es ist nie gut genug.« Maxi ließ ihre Flügelchen hängen. »Wie soll ich es denn jemals schaffen, wieder eine Wunschfee zu werden, wenn ich bald gar keine Feenkräfte mehr habe?«, fragte sie leise.

Jetzt tat mir Maxi wirklich leid. Es war aber auch nicht leicht, die drei zufriedenzustellen.

»Hör mal«, sagte ich deshalb und ließ Maxi auf meiner Handfläche landen. »Das mit den guten Taten, die auch für die drei Oberfeen zählen, kriegen wir schon noch hin! Und dann bekommst du alle deine Feenkräfte wieder zurück.«

Ich lächelte, und auch Maxi zog leicht einen Mundwinkel in die Höhe.

»Also, ich finde, wir feiern jetzt erst mal

meinen Geburtstag nach!«, versuchte auch Jule, Maxi aufzumuntern.

»Gute Idee!« Meine Fee nickte, und ich musste lachen. Ich kannte niemanden, der Ärger so schnell vergessen konnte wie Maxi.

»Ich habe mir auch schon längst eine Überraschung überlegt!«, teilte sie uns mit. »Wir feiern jetzt gleich. Folgt mir einfach!«

Jule und ich grinsten uns an, auch wenn mir ein bisschen mulmig wurde bei dem Gedanken an Maxis Überraschung. Bisher waren wir meistens ziemlich unterschiedlicher Meinung darüber gewesen, was eine gute Idee war und was eher nicht.

Eine feenostatische Geburtstagsparty

Maxi winkte uns ungeduldig hinter sich her.

»Wohin willst du denn?«, fragte Jule und ließ die kleine Fee nicht eine Sekunde aus den Augen.

Maxi zwinkerte aber nur, zeigte auf ihre Rollschuhe und flatterte weiter Richtung Bushaltestelle.

Kurz musste ich überlegen, aber als sie uns verriet, an welcher Station wir aussteigen sollten, war nicht nur mir, sondern auch Jule klar, was Maxi vorhatte.

»Wir gehen auf die Rollschuhbaaaaahn!«, jubelte Jule.

Maxis Grinsen füllte ihr halbes Gesicht aus. **»Zippo-zappo-klaro!«,** nickte sie.

Ich liebte die Rollschuhhalle. Ich liebte die Musik, und ich liebte die bunten Lichter, die überall leuchteten wie in einer Disco. Mit roten Wangen liehen wir uns Rollschuhe und stiegen auf die Bahn. Es war herrlich! Jule und ich rollten im Kreis herum und fuhren um die Wette. Maxi saß in meinem T-Shirt-Ausschnitt und sang laut und schief zur Discomusik.

Was hatte ich doch nur für ein Glück! Zugegeben, auch wenn Maxis gute Taten manchmal das absolute Gegenteil von *gut* waren und sie mich in den letzten Tagen ziemlich genervt hatte, war ich trotzdem überglücklich, diese verrückte kleine Fee an meiner Seite zu haben. Okay, vielleicht funktionierte ihr Feenstaub nicht immer richtig und sie brachte mich in peinliche Situationen, aber dafür hatte ich eine Fee, die immer an meiner Seite blieb und die zumindest versuchte, mir zu helfen. Und jetzt, nachdem auch Jule meine Fee kannte,

war das Leben einfach nur noch supertoll. Zusammen machte eben alles doppelt so viel Spaß. In meinem Bauch tanzte das Glück.

Doch dann, ganz plötzlich, verwandelte sich das Glück wieder in den dicken Kloß, der mir schwer im Magen lag. Neben uns rollte Belle mit ihren Freundinnen vorbei.

»Na, du hast ja heute gar keine gammligen Rollschuhe von irgendeiner Uroma an!« Sie warf mir einen gemeinen Blick zu und lachte.

Sofort wusste ich wieder, warum ich schon eine Weile nicht mehr hergekommen war. Belle war oft auf der Rollschuhbahn. Und nachdem sie sich einmal tagelang über mich lustig gemacht hatte, weil sie mich mit Papa und meinen uralten Trödelladenrollschuhen gesehen hatte, mit denen ich auch noch ständig hingefallen war, wollte ich nicht mehr Rollschuh laufen. Bei dem Gedanken daran machte ich sofort einen Schlenker und landete auf dem

Hintern. Neben mir lachte Belle, natürlich. Egal, dachte ich plötzlich und stemmte mich wieder in die Höhe. Ein ungewohntes Gefühl stieg in mir auf. Sollte die doch lachen, so viel sie wollte. Heute war Jules Nachfeier-Geburtstagsparty, und wir hatten einen Riesenspaß. Das würde ich mir nicht verderben lassen!

Plötzlich verstand ich gar nicht mehr, wieso ich mir vor Kurzem noch gewünscht hatte, dass Belle mich zu ihrer Freundin machte. Was sollte ich denn mit einer Freundin anfangen, die immer nur fies zu mir war?

Ich schüttelte über mich selbst den Kopf und sah zu Jule hinüber. Normalerweise kümmerte Jule sich nicht darum, was Belle so tat oder nicht tat. Aber ausgerechnet heute war es anders. Jules Gesicht war ganz rot vor Ärger über Belles Sticheleien.

Ich schaute mich nach Maxi um, sah sie aber nirgends.

Doch plötzlich entdeckte ich glitzernde Funken auf dem Boden.

Ich stupste Jule in die Seite und zeigte auf den Feenstaub, den Maxi gerade über unsere Rollschuhe verteilte.

Wir lachten beide und jauchzten, als unsere Rollschuhe plötzlich ein paar Zentimeter vom Boden abhoben und wir kurz in der Luft schwebten.

Im nächsten Moment sausten unsere Rollschuhe los, und wir fuhren, als hätten wir in unserem Leben noch nie etwas anderes gemacht. Wir drehten uns wie Eisprinzessinnen auf einer Schlittschuhbahn und machten die wildesten Sprünge und Drehungen. Bald waren wir nicht nur von allen anderen in der Halle umringt, sondern wurden auch von begeisterten »Ohhhs!« und »Ahhhs!« angefeuert.

Ein letztes Mal schaute ich doch noch zu Belle, die am Rand stand und eine beleidigte Schnute zog.

Da stand sie gut, dachte ich nur, bevor ich wieder zu Jule schaute. Ich konnte mich nicht erinnern, schon einmal so viel Spaß gehabt zu haben. Ich strahlte Jule und Maxi abwechselnd an und rief den beiden zu: »Das ist die schönste Party, zu der ich je eingeladen war!«

*

So hätte es meinetwegen ewig weitergehen und für immer bleiben können. Und wenn das keine gute Tat von Maxi war, dann wusste ich auch nicht, wie wir die drei tadelnden Tanten aus der Murmel jemals davon überzeugen sollten, dass Maxi von Phlip die beste, lustigste und **feenostatischste** Fee auf der ganzen Welt war.

Anna Ruhe

wurde in Berlin geboren. Nach einem Abstecher an die englische Küste studierte sie Kommunikationsdesign und Illustration und arbeitete daraufhin viele Jahre als Grafikdesignerin. Spannende Geschichten hatte sie schon immer im Kopf, mit dem Schreiben begann sie nach der Geburt ihrer zwei Kinder. Mit ihrer Familie lebt sie in Berlin.

www.annaruhe.de

Max Meinzold

ist freischaffender Grafikdesigner und Illustrator. Seine Schwerpunkte liegen in den Bereichen Science-Fiction, Fantasy und der Kinder- und Jugendliteratur. Für seine moderne, innovative Buchgestaltung wurde er bereits für zahlreiche Preise nominiert. Er lebt und arbeitet in München.

CLOSED